읽자마자 잊혀져버려도

성미정 시집

문학동네시인선 008 성미정

읽자마자 잊혀져버려도

시인의 말

올해로 마음 다섯이 되었습니다.
제게 있어 시는 다섯 개의 마음 중에 몇 번째
마음인지 곰곰이 생각해봅니다.

시를 쓰면서 고통스러웠던 밤보다
별처럼 반짝 충만했던 기억이 더 많았기에

이렇게 주변의 도움으로 네번째 시집을
묶게 되었습니다.

변변찮은 시인의 꼬리가 너무 길어지지는
않았는지 자꾸 뒤돌아보게 되는 요즘입니다.

2011년 7월
성미정

차례

김혜수의 행복을 비는 타자의 새벽

잠에서 깨버린 새벽 다시 잠이 오지 않아
뒤척이다가 생뚱맞게 김혜수의 행복을
빌고 있는 건 인터넷 메인 뉴스를 도배한
김혜수와 유해진의 열애설 때문만은 아닌 거지

김혜수와 나 사이의 공통분모라곤
김혜수는 당연히 모르겠지만
신혼 초 살던 강남 언덕배기 모 아파트의
주민들이었다는 것
같은 사십대라는 것 그리고
누구누구처럼 이대 나온 여자
가 아니라는 것 정도지만

김혜수도 오늘 밤은 유해진과 기자회견
사이에서 고뇌하며 나처럼 새벽녘까지
뒤척이는 존재인 거지 그래도 이 새벽에
내가 주제 높게 나보다 몇 배는 예쁘고
돈도 많은 김혜수의 행복을 빌고 있는

속내를 굳이 밝히자면

잠 못 이루는 밤이 점점 늘어만 가고
오늘처럼 잠에서 깨어나는 새벽도
남아도는데 몽롱한 머리로 아무리
풀어봐도 뾰족한 답이 없는 우리 집
재정 상태를 고민하느라 밤을 새느니
타자의 행복이라도 빌어주는 편이
맘 편하게 다시 잠드는 방법이란 걸
그래야 가난한 식구들 아침상이라도
차려줄 수 있다는 걸 햇수 묵어
유해진 타짜인 내가 감 잡은 거지

오늘 새벽은 김혜수지만 내일은 김혜자
내일모레는 김혜순이 될 수도 있는
이 쟁쟁한 타자들은 알량한 패만
들고 있는 나와는 외사돈의 팔촌도 아니지만
그들의 행복이 촌수만큼이나 아득한 길을
돌고 돌아 어느 세월에 내게도 연결되지
말라는 보장도 없지 않은가

그러니 사실 나는 이 꼭두새벽에
생판 모르는 타자의 행복을 응원하는
속없는 푼수 행세를 하며 정화수 떠놓고
새벽기도 하는 심정으로 나의 숙면과
세 식구의 행복을 간절히 빌고 비는
사십 년 묵은 노력한 타짜인 거지

녀석과 시인

녀석은 왜 자신의 도화지와 36색이나 되는 색연필을 놔두고 굳이 시인의 종이와 펜으로 낙서를 하고 그림을 그려대는 걸까 녀석은 엄마가 시를 긁적거리는 게 못마땅한 게 아닐까 녀석으로 말하자면 젖이나 먹고 잠이나 자던 갓난아기 때에도 시인이 책을 펼치거나 글을 쓰는 기미만 포착되면 자다가도 눈을 번쩍 떠서 시인의 간담을 서늘케 하던 그런 놈이 아니었던가 하루에 쉰 장도 넘게 종이에 그림을 그려대는 녀석의 맹랑한 기세 앞에 시인의 창작 욕구는 주눅 들기 마련이고 가뭄에 콩 나듯 시 한 편 긁적거려볼라치면 펜이란 펜은 잉크가 죄 말라버렸고 하얀 종이는 남아 있지 않아 녀석이 그림 그리다 남은 자투리 공간을 활용해 글을 쓰니 새하얀 종이 위에 분홍색 펜으로 때로는 보라색 펜으로 또 가끔은 싱싱한 연두색 펜으로 거침없이 말달리던 시절보다 흥이 나지 않을 수밖에 없으니 시인이 지난 몇 년간 그토록 허전한 시만 발표한 데는 시인으로서의 본인의 영양부족이 가장 큰 원인이지만 속내를 알 수 없는 녀석의 오기도 한몫했으리라 때로는 시인이 왜 아홉 살짜리 꼬마가 괴발개발 그림을 그리다 남은 자투리 종이에 시를 써야 한단 말인가 울컥하다가 때로는 녀석의 그림을 칭찬하며 회유하기도 하다가 녀석과 시인의 팽팽한 대결 사이에서 누구 편을 들어야 할지 몰라 어정쩡하게 서 있다 피곤해진 엄마가 낮잠에 빠진 동안에도 진정한 시인의 연장은 그깟 창백한 종이와 언젠가는 말라버릴 펜이 아니라 끊임없이 자라고 변해갈 자신이란 걸 보여주기 위한 녀석의 시위는 하얀 종이를 가득 채운다

오늘 밤 나는 고무머리 퐁타로* 같습니까?

퐁 하고 나는 밥상에 부딪혀 날아갑니다
퐁 하고 나는 책장에 부딪혀 날아갑니다
퐁 하고 나는 천장에 부딪혀 날아갑니다

우리 집구석은 서른하고도 여섯 평이니까요

퐁타로는 산꼭대기에 부딪혀 날아갑니다
퐁타로는 커다란 도깨비의 뿔에 부딪혀 날아갑니다

퐁 하고 가느다란 남자에게 부딪힌 나는
푸욱 하고 김이 새서 뿔이 납니다

퐁타로는 퐁 하고 분홍색 하늘을 지나
퐁 하고 푸른 밀림으로 날아갑니다
퐁타로는 퐁 하고 시원스레 바다 위를 날아갑니다.

퐁 하고 나는 김치통에 부딪힙니다
퐁 하고 나는 변기에 부딪힙니다

퐁 하고 나는 탁상 달력에 부딪힙니다

퐁타로는 고무나무에 도착하여
새근새근 잠든 시간에

창문 닫힌 집에서 하루 종일 날아다니다
타박상만 잔뜩 입은 나는 저녁이 오면
여기저기 쑤시지 않은 곳이 없어서
끙끙거리며 케이블TV를 봅니다

오늘 밤 나는 고무머리의 퐁타로가
아닌 것 같습니다 우리 집엔
라텍스 매트리스가 없으니까요
새근새근 잠들기는 글러버린 것 같습니다

그래도 혹시나 해서 머리를 만져보니
말랑말랑 고무머리가 아닙니다
좁은 집구석을 날아다니다 여기저기
부딪혀서 혹만 잔뜩 솟아 있네요

오늘 밤 퐁 하고 나는 어쩌면

커다란 혹, 머리의 아줌마 같습니다

오늘 밤도 역시 시큰시큰 잠들 것 같습니다

* 일본의 만화가이자 일러스트레이터 초신타의 동화 『퐁타로의 모험』의 주인공으로 머리가 말랑말랑한 고무공 같아서 어디에 부딪히든 상처 받지 않고 자유롭게 날아다님.

엄마의 김치가 오래도 썼다

예순 무렵부터 맛이 들쑥날쑥해진 엄마의 김치 한 해는 맛이 그럭저럭 먹을 만하다가 한 해는 쓰다가 김치도 담글 줄 모르는 딸년 둘은 엄마 김치가 좀 이상해졌지 세 치 혀로 감히 엄마의 김치에 대해 종알거렸는데 예순을 넘기고부터 엄마의 김치는 매년 쓰기만 했다 내 손 가면 좀 나아질까 한 두어 번 같이 김장을 담가봤지만 엄마의 김치는 다시 달아지지 않았다 어쩌면 김장하는 날 유독 심해지는 영감님의 잔소리도 엄마의 김치 몇 포기를 쓰게 만드는 데 한몫했을 것이고 어느 해인가 삭혀도 씻어도 먹을 수 없는 골칫덩어리가 된 엄마의 김치를 버리고 나서 국산 재료만 사용하여 조미료 일절 넣지 않고 담갔다는 김치를 시켜 먹으며 재래된장 정보까지 공유하는 소갈머리 없는 딸년 둘도 엄마의 김치를 열 포기쯤 쓰게 만들었을 테고

엄마가 담근 새콤한 김장 김치 김장독에서 막 꺼내 살짝 살얼음이 낀 김치 한 보시기에 따뜻한 밥만 있으면 겨우내 반찬 걱정 없던 기억들은 친정집 뒤란의 장독대와 함께 사라져버렸는데 엄마는 지치지도 않고 매년 김치를 담고 있다 육십칠 년 성상(星霜) 엄마의 인생이 쓰디써 엄마 손에 남은 건 쓴맛뿐인 듯한데 그래서 김치 담그는 날이면 행여 어린 새끼들 눈 매울까봐 애태우며 김치 속 버무리느라 더 새빨개지던 그 손으로 거둔 딸년 둘도 외면해버린 김치를 엄마는 매년 쓰고 있다

그래도 쓰다 달다 말 없이 마나님 김치 먹어주는 영감님이 곁에 있어 엄마는 매년 김치를 쓰고 있다 구부정한 허리와 쿡쿡 쑤시는 무릎으로 죽을힘을 다해 올해도 한 40포기 썼다니 글 쓴답시고 코만 길어진 둘째 딸년이 새벽 4시까지 쓴 것보다 몇 배는 많이 쓴 셈이라 둘째 딸년은 거기 감히 명함도 들이밀 수 없겠다

뿔개울 옆 봄나무 사무소* 1

귀 먼 자들의 도시에서 나는
귀 파주는 가게나 하며 살고 싶다
장난질 같은 장난감 가게도
척하는 책 장사도 다 때려치우고

어딘가 존재한다는
뿔개울 옆 봄나무 사무소
한켠에 조그맣게 귀 파는 가게를 열어

우선은 일흔하고도
네 살 겁 많은 아이가 돼버린
아버지의 귓속에 살기 시작한
이명씨를 살살 달래서 내보내고

자식들 모르게 순하디순한 엄마
귓속에 4년 동안 세 들어 살았다는
망치 소리씨와 둥당 소리씨가
다시는 엄마 귀 근처에 얼씬도

못하도록 막아주고

스마트한 여고 동창 오수정의 29살
귓속에 1년이나 살았다는 소음씨의
기억도 깨끗하게 파주고 싶은데

그래서 벌써 작은 은수저 모양의
귀이개랑 대나무 국자 같은 귀이개
지친 귀도 반드시 미소 짓게 만들
보드라운 솜털 달린 귀이개
까지 준비해놓았는데

뿔개울 옆 봄나무 사무소
가 어딘지 아는 사람 아무도 없단다
그곳만이 귀 파주는 가게가 세 들기에
가장 이상적인 곳이라는데
천년에 한 번 뿔개울에서 떠내려왔다는
복숭아 꽃잎 한 장 보았다는
전설만 전해지고

아아 나는 당분간 이

귀 먼 자들의 도시에서
귀 달린 장난감과 귀 없는 책을
팔며 꿈속에서라도
뿔개울 옆 봄나무 사무소
로 향하는 길을 더듬어보아야겠다

밤마다 두 뿔을 곤두세우고
멀리서 아련하게 물결에 밀려오는
분홍 복숭아 꽃잎 소리
를 가늠해보며

* 일본의 출판사 카도가와하루키지우쇼(角川春樹事務所)를 풀어 읽음.

뿔개울 옆 봄나무 사무소 2

아버지와 함께 이명 클리닉에 갔지요
눈을 감고 머리에 군데군데
전깃줄 연결하고 아버지는
뿔개울 옆 봄나무 사무소
가는 길을 더듬기 시작했지요

어떠세요 귀에서 무슨 소리 들리세요
큰 소리의 의사가 물었지요

가끔 지직 지직 소리도 들리고
쏴아 쏴 바람 소리 같은 거
아주 가는 실개울 흐르는 소리
같은 것도 들리고
또 가끔 맴맴 소리도 들려요

사십 년을 한 베개 베고 잔 마나님
귀에도 들리지 않는 바람 소리
곤충채집 좋아하는 귀 밝은 어린 손주들도

듣지 못하는 매미 소리 들리며
그렇게 아버지의 유난히 커다란
귓속에서 계절이 뒤엉키기 시작했지요

귀만 큰 게 아니라 눈까지 커서
겁 많은 아버지 동무나 해드리려고
함께 간 이명 클리닉에서 아버지의 귀가
찾아가는 소리를 더듬어보려고
아버지 귀 그림자 쪽으로 제 딴에
귀를 기울여봤지요

그러나 저 아득한
뿔개울 옆 봄나무 사무소
앞 천년 동안 지지 않는
복숭아 꽃잎 한 장
쓸쓸히 개화하는 소리

그 소리 찾아가기엔
제 귀가 아직 좀 멀어
맘속에 쏴아 쏴 속절없는
바람만 일었지요

잔설 위의 고래 둘

아직 눈이 녹지 않은 아파트 뒤 작은
공원에 덩치 큰 남자 둘이 걸어다닌다
한 남자가 한 남자를 부축했고 부축당한
남자는 오른발을 끌며 왼발로 간신히 걷고
있다 애들 공부시키느라 20년째 부인과
떨어져 살았던 203호 아저씨다
가끔 진짜배기 고래 고기도 보내줘서
나도 몇 점 맛본 적 있는데 이제 막
20살이 된 아들은 아버지를 쏙 빼닮아
키도 크고 몸집도 크다 그 아들 손을 잡고
아버지가 하나 둘 하나 둘 걸음마
연습을 한다 아홉 살짜리 재경이도
한숨에 내달릴 수 있는 손바닥만한
공원이 학교 운동장처럼 넓어 보인다
아 어서 봄이 와 저 얼룩덜룩 남아 있는
눈들이 빨리 녹아야 할 텐데

에이 씨 괜히 눈에서 물이 나온다

이 봄도 나는 헤어진 아가리

수없이 많은 말들과 헤어진 나의
입가는 늘 해져 있다 양말이라면
꿰매보기라도 할 텐데 수시로
립밤을 바르고 알로에 젤을 발라봐도
쉼 없이 많은 거짓말들과 헤어진
내 입가는 쉽게 아물지 않는다

내가 어렸을 때 엄마는 입가가
아프다는 내게 연고를 발라주며
입이 커지려는 거야 말씀하셨지만
연분홍 꽃잎처럼 보드라운 신생의
입술들이 앞다퉈 봄들을 피워내기
시작했을 때에도 나는 하얗게 질린
각질투성이의 입술 엄마의 거짓말도
구해주지 못한 거지 같은 입술
입만 열면 뱀과 개구리가 튀어나오는
모난 아가리였다

그러므로 혼자 남겨진 봄에는
꿈틀거리는 뱀과 개구리를 입속에
품고 꽃잎처럼 예쁘게 왕자처럼
빛나게 키워줄게 행여 그것들이
새어나올까봐 복화술로 다독여야 하는
슬픈 아가리

수없이 많은 거짓 봄날과 헤어진
뒤에만 태어난다는 아가의
똥구멍처럼 쪼글거린다는 진짜 입술을
기다리는 나는…… 이 봄도
헤어진 아가리였다

무상한 나라의 앨리스

늦었구나 앨리스
하루에도 몇 번씩 어두운 꿈을 향해
가볍게 다이빙하던 네가 기억이
무성한 나이까지 와버렸구나
짭짤한 토마토와 알짜란이 든 검은
비닐봉지를 든 채 토끼 굴의
입구 같은 봄밤을 헤매는구나

알짝지근한 라일락 향기에 취해
집으로 가는 길도 잊어버리고
토끼처럼 달리려는 앨리스여
무릎이 살짝궁 쑤시는 하얀
여왕님이 돼버렸구나

가장 아름다운 것들은 늘 멀리 있기에*
오늘도 늦었구나 앨리스
머리끝까지 숨이 차오르도록
뒤쫓아가도 이곳은 기억만

무상한 나라일 뿐

다시 오니 이 봄밤 너의 미소는
체셔 고양이의 그것처럼 하늘에
매달려 알다가도 모를 이 나라의
초승달처럼 치켜올라가는구나

* 『거울 나라의 앨리스』의 한 구절에서 빌려옴.

내 눈 아래 다시 생긴 점은 구태여 빼지 않을 작정이다

눈 밑의 점은 눈물점이란 얘기를
듣고 난 후 빼버려야겠다고 결심했다
난 드라이한 사람이고 눈물
따윈 내게 어울리지 않으니까

구월 어느 날 비뇨기과에 가서
(우리 동네는 비뇨기과가 피부과도 겸하고 있다)
살 타는 냄새와 함께 점을 뽑았다

그런데 아직 여름 햇살이 남아
있는 탓인지 주근깨처럼 엷게 눈 밑의
점이 다시 올라오고 있는 게 아닌가

그러나 나는 김수영이 그러했듯
내 눈 아래 다시 생긴 점을 구태여
빼지 않을 작정이다

김수영은 모든 곡은 눈물이고

눈물은 시인의 장사 밑천이라
빼지 않겠다고 시인다운 이유를 댔지만

나는 단지 그 비뇨기과에 다시 가기
싫고 살 타는 냄새를 두 번 맡고 싶지
않다는 전혀 시인답지 않은 이유로
빼지 않을 작정이지만

어쨌든 다시 빼지 않겠다는 점에
있어선 김수영과 다를 바 없고 얽은
주근깨처럼 눈물점이 올라오고 있는 건
그래도 내게 시인의 마음이 엷게나마
남아 있기 때문은 아닐까

내 시, 혹은 냄시

똥꼬가 간지럽던 어린 나로부터
얼마나 많이 걸어왔는지 나는
이제 겨드랑이조차 간지럽지 않은
어른이 되어 어느 날 낯간지럽게
스티커 사진이란 걸 찍으러 갔는데
다 찍고 나니 덤으로 머리에 온갖
장식을 할 수 있다는 거야
똥도 보이기에 보석 박힌
왕관이랑 예쁜 리본 제쳐두고
장난삼아 머리에 얹었더니
어머나 딱이야
아들이 좋아하는 동화 속
그 두더지도 아닌데 내 머리엔
똥이 딱 어울려

그러고 보니 언젠가 부모님이
드라마를 보시며 하신 말씀
“머리에 똥만 가득 찬 것들”

그것은 아마 막장 드라마의 주인공들이 아니라
필시 나 들으라고 일부러 흘린 건지도

그런 나의 의심이 확신으로 변하게 된 건
밤 9시 광화문의 어느 카페에서였지
詩답잖은 시를 긁적여보려고 똥폼 잡고
앉아 있는데 유치원복 차림의
한 꼬마가 내 곁을 맴돌며
"똥꼬가 간지러워"
"똥꼬가 간지러워"
중얼거리는 게 아닌가 그제야
나는 시를 긁적이려 할 때마다
머리를 긁적이게 되는 이유를
눈치채게 됐어 내 입으로 말하긴
좀 거시기하지만 나의 똥꼬는
다른 사람들과 정반대에
위치하고 있는지도

오늘도 나는 극히 평범한 시인에
불과하지만 이것만큼은 남다르다고
웃기고 싶은 똥고집에 애꿎은

머리에서 똥꼬를 찾아
방황하고 있는 지도

말짱한 독자들의 머릿속까지
근지럽히며 지독하게 위치하고
있는 지도

아널드 로벨 아저씨께

아저씨
동화에는 참 이상한 문이 많이 나오죠
열려라 참깨 주문을 외쳐야 열리는 동굴
커다란 외눈박이 괴물이 가로막고 있는 문
한번 들어간 사람은 절대 살아 나오지 못한다는 문

그런데 그 숱한 동화의 문 가운데
제 기억 속에 가장 인상적이었던 문은
흔하디흔한 일상의 문이었어요
똑똑똑 노크하면 열리는 문
우리 집 대문 같은 문
이웃집에도 있는 문
동화에는 왠지 어울리지 않는 문

그런데도 전 문 앞에 서면 한사코
주문을 외쳐대고 존재하지도 않는
외눈박이 괴물과 밤새 씨름했지요
그러다 지치면 문 닫고

죽은 듯 드러누워 있기도 했고요

돌이켜보면 그 문들도 제겐 아주
쓸모없진 않았네요 그 문들을 지나
제가 오늘에야 겨우 일상의 문
앞에 도착했으니

문이 열리지 않으면
똑똑하게 노크도 하고
손잡이도 요리조리 돌려보고
그래도 열리지 않으면
문 좀 열어주세요
부탁도 할 줄 알게 됐으니

그래도 그래도 열리지 않는
저 같은 고집쟁이 꽉 닫힌
문을 만나면 문 앞에서 기다리며
차차차도 출 줄 알게 됐으니

아저씨
사소한 일상이 모여 만든 거대한

일생의 문 앞에 서서
저 다시 두근거리기 시작하네요
마치 새로 산 동화의 첫 장을 넘기던
어린 나처럼

별로 신기하지 않은 똥화

옛날에 옛날에 지금으로부터
그리 멀지 않은 옛날에
대롱처럼 뾰족한 코를 가진 아줌마가
살았어 여기저기 뾰족한 코를 꽂아보고
인상을 찌푸리고 손톱을 깎고 돌아서기
무섭게 또 손톱을 깎는 아줌마가

어느 날 그 아줌마가 아기를 낳았대
젖먹이고 돌아서기 무섭게 똥만
싸대는 따끈한 아기 그런데 그 아기가
기저귀 가득 향기로운 똥만
싸더라나 아줌마는 너무 신기해
우리 아가는 응가도 잘 누네
우리 아가 응가는 참 예쁘기도 하지
남들이 보기엔 그저 구린내만 나는
똥을 그렇게 칭찬하더래
똥구멍 닦아준 손으로 밥만
잘 먹더라나

그때부터였다나봐 너무 뾰족해서
여기저기 거치적거리던 아줌마의
코가 조금씩 줄어들기 시작한 것이
그때부터였다나봐 아줌마가 손톱
깎는 걸 가끔 깜박하게 된 것이

어때 너무너무 신기한 똥 이야기지
뭐라고 별로 신기하지 않다고
엄마라면 누구나 그런 애물단지
똥 한두 개쯤은 끼고 산다고

그 똥을 닦아주고 뒤치다꺼리하느라
숱한 밤을 하얗게 지새우며
코가 늘었다 줄었다
붉어졌다 파래졌다
하는 건 예삿일이라고

딸의 온 수저

엄마, 제 살림살이 구경 좀 하실래요
엄마는 항상 제 혼수에 은수저
넣어주지 못한 거 미안해하고
결혼한 지 십몇 년이 되도록
학생 때랑 별반 다르지 않은 차림으로
배낭 메고 아이 손 끌고 친정 오는 게
짠해서 취떡도 한 상자씩 해놓고
들기름도 몇 병씩 짜놓곤 했지요

엄마, 너무 걱정하지 마세요
저 그동안 숟가락을
이렇게나 많이 모았어요
이건 가운데 구멍이 나서
눈에 대면 돋보기 같아요
이건 아주 작은 꽃삽 모양이에요
언젠가 작은 마당이 딸린 집에 살게
되면 꽃밭을 가꾸려고 사둔 거예요
엄마 이것도 좀 보세요

옛날에 우리 집 부엌 찬장에도
이것과 같은 게 있었지요
감자 껍질을 하도 많이 벗겨
반달이 돼버린 숟가락이

어릴 적부터 쓸모없는 돌멩이나 산새
깃털을 주워오더니 어른이 돼서도
아무도 탐내지 않는 것만 갖고 있다고
엄마는 역정을 내시지만
그런 숟가락으로 밥술이나 여물게
담아 먹을 수 있겠냐고
배나 곯지 않겠냐고 한숨 쉬시지만

엄마, 너무 애달파하지 마세요
이것만이 엄마의 둘째 딸
고난한 시인의 온 수저니까요
제 딴엔 은수저니까요

그리고 아직 딸네 집 냉장고에는
엄마가 바리바리 싸준 취떡이랑
들기름이 많이 남아 있으니까요

딱한 사랑의 밥

만만하게 딸내미라고 아침 댓바람부터
전화해서 간밤에 영감님하고 한바탕
한 얘기 고해바칠라치면
엄마 나 지금
금쪽같은 내 새끼 끼고 앉아 밥 먹거든
엄마 나 지금
개 잘난 글 쓰고 있거든
툭 전화 끊어버리고

엄마는 찬밥, 첫사랑 애인 차버리듯
야멸치게 내가 차버린 밥
나는 엄마랑은 좀 다른 밥
계량컵에 딱 깎아서 삼 인분의 밥을 지어
이제껏 따순 밥만 먹고 살았는데
나이가 마음을 넘고 나니
밥솥에 자꾸 밥이 남는다

그것도 딱 한 사람 분량의 밥이

계량컵은 그대로인데 이게 무슨
조홧속인지 어리둥절한 나는
김치 넣어 볶아볼까 잔멸치 넣어
주먹밥이나 뭉쳐볼까
궁리하다 이도 저도 귀찮은데
밤중에 음식물 쓰레기통에 던져버릴까
고민도 하지만 어쩐지 찬밥을
버릴 수가 없으니 이건 또 무슨
조홧속일까

스마트한 딴 밥을 자처하던 내가
모자라면 모자랐지 남아돌지 않던
내가 엄마 같은 실수하는 게
자존심 상했나

아님 찬밥에 된장 풀어 아욱죽
끓여주고 찬밥으로 만든 누룽지
튀겨 설탕 술술 뿌려주던
꼭 내 나이 때 엄마
그 기억이 아직 따끈따끈해서

아무리 고개를 갸웃거려봐도
이제 고작 마음 고개 넘어선
내 깜냥으론 알 수가 없고

내가 불러들이는 건지
마음을 넘어선 딸내미가 아직도
못 미더워 엄마가 자꾸 밥솥을
기웃거리는지 아님 두 마음이
그냥저냥 엉겨버린 건지는
잘 모르겠지만

그렇게 우리 집 밥솥에
끼니마다 딱한 사랑의 밥이 생겨난다

경계선

우리 집 책상 위에 경계선이 있다 반으로 나눠 절반은 내 자리 나머지는 아들 자리 내 자리엔 쓰다 만 원고와 책들이 너저분하고 아들 자리엔 놀다 팽개친 장난감과 학용품이 너저분하다 그런데 어린 아들 녀석에게 경계선은 한번 넘어보라고 있는 것이고 늙은 엄마에게 경계선은 지키라고 있는 것이라 이 잘난 선을 둘러싸고 자잘한 분쟁이 끊일 날이 없다 내가 글만 좀 긁적거리려고 하면 유난히 작은 파란색 스머프 인형을 있는 대로 늘어놓고 슬금슬금 내 자리까지 넘어오는 녀석은 분명히 금을 그어놓고도 내 쪽 책상을 야금야금 넘보던 초등학교 1학년 때 얄미운 짝꿍을 떠올리게 하지만 그로부터 족히 수십 년의 시간이 흐르는 동안 나는 장화 신은 슬픔이니 보랏빛 콧수염의 아내니 204호 아줌마 등으로 수없이 이름을 바꿔가며 얼마나 많은 경계선을 넘나들었는지 여덟 살배기 꼬마의 어설픈 도발 따위엔 속눈썹 한 올도 흔들리지 않는 어른이 되었다고 자부하고 있지만 사실은 이제 칼날처럼 날카롭고 유리처럼 깨지기 쉽던 그것이 팽팽한 긴장을 잃어버린 채 늘어난 팬티 고무줄처럼 돼버린 거지 그리하여 외려 나는 이제 어디가 경계선이고 어디가 나의 자리인지도 잊어버리고 딱히 경계할 것이 없어 더 두려운 결계의 시절 안에 옴짝달싹 못하고 갇혀버린 건지도

소심한 반응의 역사(力士)

술에 절어 다니던 대학 시절
어느 밤 아버지 앞에서 무릎
꿇린 채 기나긴 훈계를 듣다가
그만 다리에 쥐가 난 적이 있었는데
그런 딸년이 내심 딱했는지
기가 찼는지 아버지는 훈계를
거기서 끝내고 날 부축해 방에
데려다준 적이 있었는데

어쩌면 그 밤부터가 아니었을까
빳빳하게 고개 쳐들고 목청 높이려는
상대방을 만나면 공손하게 무릎
꿇는 척하며 아니 진짜 무릎
꿇으며 아무도 눈치채지 못하는
싸움을 해오게 된 것은

선뜻하게 꿇리는 나의 무릎 앞에서
상대방은 뭔가 섬뜩함을 느꼈는지

지레 주눅 들어 편하게
앉으라고 권하기 마련이었고

덕분에 이 소심한 반항의 역사(力士)는
쓸모없는 기 싸움에 헛심 쓰지 않고
나처럼 산뜻하게 무릎 꿇을
진정한 맞수를 만날 그날을 위해
알량한 힘이나마 보전하고 있으니

무릎 꿇고 밥을 먹고
무릎 꿇고 글을 쓰느라
가끔 무릎 쑤시는 걸 무릅써가며
이 소심한 반응의 역사는 아무도 모르게
살금살금 전진중이다

잊어 놀이

재경이는 아빠와 이겨 놀이
하는 걸 제일 좋아합니다 저녁이면
집에 돌아온 아빠를 붙잡고 이겨 놀이
를 해야만 잠을 잡니다 일요일이면
아빠를 집 밖으로 나가지도 못하게 하고
진이 빠지도록 이겨 놀이를 합니다
너무 쉽게 이기면 아이가 재미없어
할까봐 아빠는 일부러 힘들게 져줍니다
잘 기억나지는 않지만 나 또한 재경이만
했을 때 아빠와 이겨 놀이를 한 적이
있을 겁니다 그때 아빠는 나 같은 건
충분히 목마를 태워줄 수 있었을 테고요

그리고 어느 밤인가 나는 진짜 아빠를
이긴 적이 있습니다 그때 아빠의
눈시울은 붉어졌고 목소리는 가늘게
떨리고 있었습니다 그때 왜 기어코
아빠를 이겼어야 했는지 잘 기억나지

않지만 아빠는 혹시 내가 시시해할까봐
그토록 힘들게 져준 게 아닐까요

오늘 내 아이처럼 작아진 아빠의
뒷모습을 보며 나는 마음이 아립니다
잊을 수 없는 그 밤의 이겨 놀이가
어느 날 내게도 닥칠 것임을 알기에
아이 몰래 힘들게 져주는 연습을
해봅니다 가슴 아리던 그 밤의
이겨 놀이를 잊어버리기 위해 자꾸자꾸
잊어 놀이를 합니다

물방울 둘의 경주

갑자기 욕실 거울에 물을 뿌리기에
뭐하는 거니 역정을 냈더니
엄마 이거 보세요
물방울들의 경주

거울 벽을 타고 뛰어내리는 물방울들을
얘가 1등 재가 2등
아이가 등수를 매기는 동안 나는
벌써 거울의 맨 아래 도달해
부서져버린 고인 물을 보아버렸다

나도 왕년엔 러브 스토리를 일곱 번 보고
여덟 번 목 놓아 울 정도로 수많은
물방울들을 해방시켜왔는데

오늘 너의 시선은 거울에 달라붙은
맑고 또렷한 물방울이고
나의 시선은 이미 어디 깊은 곳으로

스며들며 새로운 경주를 시작하는
오래된 물방울이지만

물방울들의 경주에 눈을 떼지 못한 채
거울 앞에 서 있는 지금
너와 나
새삼 닮아서 닿아 있는 물방울 둘이다

기억빵

아홉 살 난 아들의 머릿속에는 기억방이
있다고 한다 함께 본 엄마와 아빠는
까맣게 잊어버린 만화의 에피소드
세검정초등학교에 입학한
수송약국 손녀딸 희겸이
내년이면 덕수초등학교에 전학 온다고
약속했던 유치원 친구 준섭이도
기억방 속에 살고 있다고 한다

들어가본 적은 없지만 들어본 적은 있는
아들의 기억방에는 그렇게 작고 어여쁜
것들만 모여 사는 듯한데 나의 기억방에는
먼지 쌓이고 거미줄 엉킨 잊고 싶은
기억들이 바퀴벌레처럼 질기게 살아남아
나를 불면으로 이끈다

그러나 분명 나의 기억방
맨 끄트머리 어디쯤엔 아들을 쏙 빼닮은

네댓 살짜리 계집애가 살고 있으리니
나는 그 계집애를 어서 만나고 싶어
어린 아들이 들려주는 부드럽고 말랑한
기억빵 이야기를 열심히 주워 먹는다

치워도 치워도 닦아도 닦아도 끝이 없을
것 같은 기억방의 먼지를 닦아내며
아들이 나눠준 따뜻한 기억빵을
조금씩 뜯어 먹으며 검은 숲 같은 나의
기억방 최초의 입구를 향해 오늘도
더듬더듬 나아간다

주머니가 많은 옷

주머니가 많은 옷을 보면
재경이는 너무 좋아 실눈이 되는구나
주머니가 많은 옷을 좋아하는 너를 보면
엄마는 지레 걱정이 앞서는데
저 많은 주머니를 주렁주렁 채우고 살려면
힘들고 피곤할 텐데 저 많은 주머니를
채우지 못해 맘 상하면 또 어쩌나 엄마는
네게 주머니 많은 옷 사줄 때 늘 망설이지만
재경아 지금 네겐 주머니가 많은 옷이
참 좋겠구나 주머니 하나에는 알사탕을
또다른 주머니엔 친구들에게 나누어줄
스티커를 또다른 주머니에는 놀이터에서
갖고 놀 작은 장난감을 나머지 주머니에는
무엇을 넣을까 짱구머리를 갸웃거리며
궁리하는 네겐 주머니가 많은 옷을 사주어도
좋겠구나 작은 열매들처럼 볼록 튀어나온
너의 주머니들은 아직 엄마 걱정처럼
무겁지 않으니

고 작은 주머니에 어울리는 작고 귀여운
것들이 가득 찬 너의 주머니를 바라보고
있으면 그래그래 이까짓 커다란 주머니
채우지 못해 안달복달하다 제풀에
쪼그라들 그런 주머니 다 무슨 소용인가
너와 함께 있는 오늘 엄마는 그런
주머니를 잠시 잊고 주머니가 많이 달린
너의 옷을 기꺼이 산다 엄마의
주머니를 털어서

신기한 토마토

붉은 과피와 녹색의 알맹이
알알이 박힌 씨앗이 절묘한
자연의 조화를 보여주는 토마토
의 단면이 새삼 신기해
아이처럼 자꾸 들여다보고 싶은 아침
접시에 담아서 얼른 가족들에게
보여주고 싶은 아침

기실 신기한 건 토마토의 단면이
아닐지도 몰라 오늘 아침에도
눈 떠서 토마토를 자르는 게
신기하고 그걸 함께 볼 가족이
곁에 있다는 게 신기하고 아무리
설명해도 시큰둥한 반응이 신기하고

이렇게 신기한 토마토도
결국은 먹어야 한다는 게 신기하고

토마토의 단면처럼 얇고
토마토의 단면처럼 모양이
제각각인 하루하루가 모여
한 알의 토마토 같은 일주일
열 알의 토마토 같은 한 달
백 알의 토마토 같은 일 년
을 만들어간다는

생각이 사십하고도 삼 년 묵은
토마토에게도 드디어 들었다는 게
신기하고

어쩌면 시인이 아닐지도 모르는 증후군

코딱지를 씹어 먹어봐도 내 콧구멍
냄새를 맡을 수 없어 절망하고 있는
나는 어쩌면

불면증을 유지하기 위해서 하루에
한 시간 꼭 낮잠을 자줘야 하는
나는 어쩌면

수요일이 오면 오천 원에서 육천 원
사이의 가난한 꽃다발을 고집하는
나는 어쩌면

백합꽃의 봉우리가 조금이라도 열리면
거기에 코를 대고 킁킁대고 있는
나는 어쩌면

시인의 변태일지도 모르는
나는 어쩌면

그러나 이 넓디넓은 광화문에선 누가
시인인지 아무도 모르니 내가 시인의
변태일지도

아무도 모르는 셈이라

귀와 코 중 어떤 것이 더 길어져야 하는지
심각하게 고민해볼 필요도 없는 셈이니

어쩌나 나는

허를 깨물다

혀끝을 깨물었다
삼선짬뽕을 먹고 있던 중이었다
헉! 소리도 나오지 않을 만큼
아팠다 혀를 내밀고 거울을 보니
혀끝이 검붉게 변해 있었다

한통속 이빨과 혀의 위험 충만한
동거를 각성한 순간 그동안 용케
혀를 피해가며 이빨이 씹어왔던
수없이 질긴 날들이 한 편의
파노라마처럼 스쳐갔다

이빨인들 왜 온갖 음식을 맛보는
그 보드라운 혀의 맛이 궁금한 적이
없었을까

이제 와서 두렵다고 엄살을 떨기엔
나의 혀와 이빨의 공생이 너무나

노회함을 잘 알고 있기에
그저 여차하면 깊은 곳에
하얗게 빛나는 은장도를 숨긴 채
살아가는 마음으로 가끔 송곳니를
사랑스런 눈길로 매만지며

오늘도 나는 혀를 쏙 내밀고
얼마만큼 나았나 거울을 바라보며

이 기이한 각성의 순간을 통과할 뿐이다

아주 쓸쓸하지만은 않은 피공주님의 피공장 이야기

피공주님의 피공장에서는 늘 싱싱한 피가
흘렀습니다 때로는 흐르고 흘러
열두 채의 요를 적시기도 했습니다

아! 참 지금 피공주님 이야기를 하고 있는
저는 완두콩입니다 피공주님의 열두 채의
요 밑에서 간신히 찾아낸 구슬 같은 완두콩

피공주님이라 불릴 자격이 충분했던
피공주님에게도 시간은 흘렀습니다
피공장에선 이제 예전처럼 많은
피가 만들어지지 않습니다

그런 날이면 피공주님은 손바닥 위에
저를 올려놓고 얘기합니다

참으로 작고 귀여운 완두콩아
너를 찾아 헤매느라 나의 피는 곤하노니

나는 이제 한숨 자련다

네 덕분에 나의 피공장이 아주 쓸쓸한
이야기는 면했으니 상으로 네게 열두 채의
요를 내리니

마음껏 뛰어놀도록 해라
열두 채의 요가 너의 연둣빛
땀으로 흠뻑 젖도록

나의 인상 창의

언제나 늘어진 트레이닝복 차림
에 맨얼굴 손에는 검은 비닐봉지
를 들고 광화문 일대를 걸어다니는
나의 인상을 어쩌다 시 몇 편
긁적거린다는 이유만으로 감히
시인풍으로 분류하기엔 예민하고
울울한 다른 시인분들께 죄송만만하여
내 나름대로 인상착의를 만들어보았지요

시인풍 아줌마와 아줌마풍
시인도 괜찮은 거 같고
아줌마풍 시민이나 시민풍
아줌마도 맘에 드네요

어디에도 제대로 섞여본 적 없어
홀 가뿐하다가 씁쓸하다가
그렇게 나답다가 어느덧
나의 인상이 나의 일상과

정직하게 닮아가기 시작하는
마음의 오늘

남들이 나를 어떻게 바라보던 상관없어
오늘도 나는 광화문 거리를 상큼상큼
걸어다닐 수 있게 되었지요

늙가을, 은행 앞에서

더이상 신용대출 해줄 수 없다는 은행에서
우리가 제법 돈푼깨나 갖다 바치는 가맹점이라고
슬쩍 흘려봐도 요지부동인 은행에서

고객만족서비스 행사중이라며 건네준
휴대용 치약과 칫솔 세트

그래 이거나 먹고 떨어져라 이거지

은행 앞 은행나무는 참 오래도 살았다지
은행을 가진 자본가들처럼 말이야

우리의 장난감 가게는 그들의 노회한 눈에는
애들 장난처럼 비치겠지

가을이면 은행나무가 유난히 구린내를 풍기는
이유를 이제는 조금 알 듯도 싶어

귀와 코를 막고도 얼굴이 노래진 채 은행 앞을
서성이고 있는 나는 저기 저 구부러진
허리를 숙인 채 떨어진 은행 알을 줍고 있는
초라한 행색의 노파와 똑같은 거지

은행이 싸구려 동전심(銅錢心)으로 던져준
휴대용 치약과 칫솔로 귀부터 닦아야 할지
코부터 닦아야 할지

늙가을 햇살이 치약처럼 싸아한 은행 앞에서
나는 아직도 헷갈려하고 있는 거지

팔색조의 아홉번째 스펙트럼

밤늦게 TV다큐멘터리를 본다
남편과 함께 알을 여섯 개나
부화시킨 팔색조가 여섯 개의
구멍에 부지런히 지렁이를 실어
나르는 걸 본다 고 작은 팔색조가
더 작은 입에 꿈틀거리는 벌건
지렁이를 주렁주렁 매달고 양 날개로
겨우겨우 이륙하는 광경을 본다
그 광경은 여덟 번의 커튼콜을 받았다는
태양의 서커스보다
(물론 그것도 TV로밖에 보지 못했지만)
여든 배는 더 장엄해서 목구멍으로
깊은 곳 저 아래 어릴 적 받아먹은
그 무엇이 꿈틀거리며 올라와 자리에서
벌떡 일어나 박수라도 치고 싶지만
여섯 개의 구멍이 열두 개의 날개로
날아오를 때까지 계속되어야 할
그 장엄한 이륙의 깊이에 비하면

지금 우리가 느낀 알량한 감동 따위는
팔색조의 입에 물려 버둥거리는
지렁이보다 못하고 건넌방에서 세상모르고
잠든 아이 하나를 둘이서 겨우 건사하는
우리의 어설픈 부모 노릇은 저 팔색조에 비하면
잠든 아이보다 조금 웃자란 정도이니
부끄러워 차마 박수도 치지 못하고
우리는 기어이 팔색조 새끼의 똥 같은
희고 둥근 눈물을 찔끔찔끔 싸고 만다
한밤의 어미 팔색조 앞에서

겨자씨보다 조금만 크게 살면 돼

여보 우린 그저 조그맣게 살자
더 넓은 평수로 갈아타려고 아등바등
살지 말고 자가용 같은 거 끌지 말고
나는 게송 같은 시 절대 쓰지 말고
그렇게 살자
당신은 천장에 은하수가 반짝이는
좌판에서 달나라의 장난감을 팔고
재경이는 유치원에서 친구와 사이좋게
지내고 나는 밥상을 펴고 앉아
별것도 아닌 일로 시를 쓰며
조그맣게 살자
저녁이 오면 함께 소파에 앉아
케로로 소대를 보며 낄낄거리고
우리 집의 제일 작은 재경이 방에
함께 누워 잠들자
너무 커다란 걸 가지려고 저 멀리
아득히 있는 것에 닿으려고 헐떡이며
뛰어다니다 쓰러지지 말고 다섯 살

아해처럼 고운 숨소리 내며 잠들 수 있도록
조그맣게 조그맣게 살자
겨자씨처럼 조그맣게
살자던 그로부터 족히 40년이 흘러 강산이
네 번은 변했으니

겨자씨보다 조금만 조금만 더 크게 살자

거기에 흰 털이 났습니다

큰일이 났습니다 처음 흰 털을 발견했을 땐
정말이지 화들짝 놀랐더랬습니다
섹스 앤 더 시티의 사만다의 기분이
이해됐습니다 그녀는 거기 난 흰 털을
염색하려다 빨간 털로 만들어버린 적이
있었지요 그걸 보곤 배꼽 잡고 웃었는데
내 일이 돼버리니 남편에게 들킬까
전전긍긍하게 됐습니다 한동안은
머리에 듬성듬성 흰 털 난 사람만 보면
묻고 싶어졌습니다 저기요 혹시
거기도 거기에 흰 털이 났나요
이미 거기가 흰 털로 뒤덮인 분들이 들으면
흰 털이면 어떻고 빨간 털이면 대수냐
흰 털이나마 소복이 덮여 있으면 따숩고
고마운 줄 알거라 머리털 빠지듯 그 털도
죄 빠지고 맨송맨송 민둥산 되고 나면
허 참 그 얼마나 허전 시린 일인 줄 아는가
그깟 흰 털 세 가닥 가지고 흰소리 치지 마라

호통칠 일이겠지만 무시로 거기에 흰 털이
더 늘었나 그대로인가 확인하고 싶어지고
은근히 거기 난 흰 털의 안부가 궁금해지는
저는 아직도 거기의 흰 털에는 이렇게
아리송한 초짜라서 흰 털 세 가닥 값도
못하고 이렇게 흰 털 타령이 늘어집니다

그래 의자가 너무 많았어

오늘은 불란서 초등학생 의자에 앉아
책을 읽어볼까 아니야 우선 민트빛
의자에 꽃병을 올려놓고 시작해볼까
아니야 인더스트리얼 풍 의자에
앉아 시를 써보는 건 어떨까

그랬구나 요령의 시인
빨간 의자 노란 의자 파란 의자
고르느라 시 쓸 시간이 없었구나
이제 고놈의 알록달록한 의자일랑은
모두 치워버리자 덤으로
의자에 앉아 쓴 머리만 커다랗고
다리가 후들거리는 시도

오늘부터는 의자에 앉으면 안 돼
시인이란 그 누구보다 의자를 나 몰라라
해야 할 의지박약한 존재이니

오늘부터는 김치를 썰다 시를 쓰는 거야
걸레로 방바닥을 닦다가 시를 쓰는 거야
장딴지가 탄탄한 시를 쓰기 위해 숨이 차도록
달리는 거야 그렇게 그렇게 마음속에
거치적거리는 고 상놈의 고상한 남의
알록달록한 의자를 가뿐하게 뛰어넘는 거야

돌고래의 퇴화에 대하여

나는 언제쯤 양파의 말을 버리고
음파로 대화할 수 있을까
너와 나 사이에 흐르는 천 길
검은 물길 속 언어를
미세한 진동으로 느낄 수 있을까

너의 아픔과 나의 아픔
너의 방심과 나의 앙심
너의 외면과 나의 면면
이 마주 볼 수 있을까

천 일 동안 음파음파 물속에서의
호흡법을 느꼈지만 오늘도 몽땅몽땅한
대화 속을 헤매다 돌아와
이렇게 깊은 밤 꺽꺽 깩깩
음파의 호흡법을 배울 때 먹은
물을 눈 밖으로 내보내는 나는

그저 한 마리 짱뚱어
말구멍인지 맘구멍이지
알 수 없는 구멍을 발목
휘감는 대화의 갯벌 위에 찍고
다니다 지칠 대로 지친 나는

어쩌면 한 마리 퇴화된 돌고래
눈을 감은 채 말간 침묵
속을 유영하며 부드러운
음파의 기억을 더듬어본다

마음은 꽃 든 갸르송

詩는
타이타닉호의 최후에 탑승한
첫사랑의 소녀
그녀는 오른손 세번째 손가락에
굳은살이 박여 있고

時는 밤 11시
삐뚜름한 앞머리를 하고
아들 의자에 엉덩이를 구겨놓고
시를 긁적거리는 나는
꼼 데 갸르송*

詩는 새벽 1시
아무리 머리를 긁적여봐도
하얀 비듬만 소복이 떨어지는데

時는 새벽 2시
있어 보이려고 망년회 전날 구입한

둥근 뿔테 안경 너머 침몰하기
詩作하는 타이타닉호가
보인다 보여

고로 새벽 2시의 詩는
끝까지 세번째 손가락을 치켜든 채
가라앉는 고집 센 소녀다
古 손가락이 똥줄 타는 구조 요청인지
꼼 데 갸르송에 대한
fuck you인지 알 수 없지만

時는 새벽 4시
둥근 안경테 넘어
소녀의 오른쪽 세번째 손가락이
잠망경처럼 떠오를 때까지 기다리는
나의 마음은 詩詩때때
꽃 든 갸르송

* 프랑스어로 '소년처럼'이며 일본의 전위적인 패션 브랜드 이름.

꼼 데 갸르송처럼

비위가 악해서 소녀 같다는 말을
들으면 토해버릴 것 같은 나는
차라리 소년 같다는 말을 들으려고
미장원에 가서 머리를 짧게
자르기로 했고

앞머리는 가와쿠보 레이처럼
가지런하게 잘라달라고 주문했고
미장원의 언니는 이건 무슨 개뿔
뜯어 먹는 소리야 고개를 우로
갸우뚱거리더니 머리를 잘랐고

독자 여러분 여기는 강북하고도
광화문 변두리 타이타닉호의 침몰로부터
너무 멀리 떨어져 있어 결국 나의
심심(深深)한 욕구는 백 퍼센트
관철되지 못했습니다

에이 휴 저 멀리 타이타닉호의 침몰도
모르는 무심한 것들 같으니라고

그래도 나의 꼼 데 갸르송 머리를
보고 소녀 시대에 껌 좀 해체해봤고
결혼 후에는 시집살이도 좀 엎어봤다는
뭘 안다면 좀 안다는 엄마들이
"언니 이발했수?"

센스 있게 놓치는 걸 보면 나의
꼼 데 갸르송 전략은
절반은 성공한 듯도 하고

아무것도 아닌 일을 하는 아무개씨

밤 11시 이제야 겨우 혼자 책상 앞에
앉았다 멸치 육수도 우려놨고 아침밥도
올려놨고 김치도 잘게 썰어 볶아놓았다
아이 방에 가습기 대신 물도 한 양재기
넣어두었고 오늘은 남편 대신
청소기도 밀었다

지금부터 내가 하려는 일은 외할머니가
6·25 전쟁통에 엄마랑 큰 이모 데리고
엉금엉금 기어 한강철교를 건너 부산 가서
피난살이할 때 전쟁이 끝나고 어서
외할아버지가 돌아오기만을 기다리며
미군부대에서 빨았다던 빨래 쪼가리
보다 못한 일이고

지금부터 내가 하려는 일은 엄마가
고만고만한 네 아이를 단칸방에 데리고
하루 세끼 꼬박 챙겨주고 곤로에

따뜻하게 찌개 끓여준 거에 비하면
타버린 곤로 심지만도 못한 일이고

지금부터 내가 하려는 일은 사업 실패로
아들이 음독자살한 뒤 도시로 나간
며느리도 소식 끊겨 어린 손주 보살피며
농사일까지 하느라 허리가 끊어져도
모르는 농촌 노인들 딱한 사정에 비하면
정말 개미 허리보다도 못한 일이고

일찍이 버지니아 울프가 외롭게 울부짖었던
것처럼 혼자만의 방이 꼭 필요한 건
아니지만 그래도 이 일이 정말 아무것도
아니라는 걸 들키지 않기 위해선
혼자만의 방이 꼭 필요하기도 했는데
그래서 부부 침대까지 버리는 엄청난 결단을
내리고 혼자만의 방을 확보했었는데
그 작은 방이 결국 삼 개월 만에
세 식구 생계를 위해 꼭 필요한 창고로
환골탈태하고 보니 아무것도 아닌
일을 하는 아무개씨는 괜히 심통이 나서

전에 아무개씨처럼 아무것도 아닌
일에 종사했던 남편에게 도무지 혼자만의
시간이 채 두 시간도 되지 않는다는 둥
왜 밤늦게까지 TV 보고 물 마시러
들락거려 신경 거슬리게 하느냐는 둥
내가 하는 일이 네가 세 식구 먹여
살리는 일에 비하면 아무것도 아니라서
만만하게 보냐는 둥 그럴 시간에 차라리
아무것도 아닌 일이나 하지 아무짝에도
쓸모없는 분풀이를 하다가

남편이 아무 반응도 하지 않으면
제 풀에 지쳐 지금까지 아무 일도
없었던 것처럼 밥상 앞에 쭈그리고
앉아 아무것도 아닌 일을 하는
아무도 알아주지 않는 아무개씨

미지의 햄스터야 뭐야

햄스터를 세 마리 키워봤는데 마지막에 키운 햄스터는 재경이 손바닥에 올라갈 수 있을 정도로 작고 귀여워 애지중지했는데 어느 날 아침에 일어나보니 똥구멍에 딱딱한 똥 세 개를 달고 할딱거리고 있지 뭐야 남편에게 똥구멍이 막혀서 그런 것 같으니 똥을 잡아 떼라고 했더니 그러다 내장까지 딸려나오면 어떡해 하기에 꺅 소리를 지르고 햄스터를 푹신한 톱밥 위에 눕혀놓았지 뭐야 그랬더니 약 세 시간 후 마지막 햄스터는 숨을 거두었고 재경이는 방바닥에 엄청나게 큰 물 그림을 그렸지 뭐야 그런데 나는 물 그림을 닦으며 요런 생각을 했지 뭐야 빨갛고 가느다란 실지렁이 같은 내장이 딸려나오는 끔찍한 꼴 보지 않아 다행이라고 마지막 햄스터가 똥구멍에 똥 세 개를 달고 죽은 지 세 달 투명한 눈물로 물 그림을 그린 아이는 햄스터를 멀리멀리 흘려보냈는데 나는 자꾸 똥만 가득한 머릿속에서 뭔가 끄집어내 마지막 햄스터의 똥구멍에 달려 있던 똥 세 개보다 못한 글을 깨작거리고 있지 뭐야 물론 이 또한 마지막 햄스터가 죽은 지 장장 세 달 후에 찾아온 지각한 지각(知覺)이지만 말이야 요렇게 깨작거리기만 하다 빨갛고 가느다란 것까지 확 잡아 빼지도 못한 채 자꾸자꾸 두툼한 이불 속으로 기어들어가고만 싶지 뭐야

재경이 코딱지 엄마 코딱지

코딱지가 너무 맛있어
딸기 맛이 난다는 재경이에게
그럼 엄마 것도 먹을래 했더니
내 것만 먹을래 한다

분별이 생겼구나
다섯 살 사람 배재경
엄마 코딱지 제 코딱지
가리기 시작했구나

하긴 딸기 맛이 난다는 너의 코딱지
엄마도 차마 먹을 수 없으니
2002년 5월 21일 엄마로부터 나왔으나

너의 코딱지는 너의 코딱지
엄마 코딱지는 엄마 코딱지

그 코딱지만한 거리를 확인한

오늘이 대견하고 왠지 쓸쓸하구나

재경아 재경아 엄마는 코가 길어지는 밤이 있다

일전에 재경이가 물었지
엄마 거짓말하면 피노키오처럼
코가 길어져요 그럼 그럼 거짓말하면
재경이도 피노키오처럼 코가 길어지지
그날 밤 재경이가 잠든 사이 엄마는
코가 길어졌단다 그리고 또 재경이
몰래 밤늦도록 TV를 보는 밤도
맥주를 마시는 밤도 조용조용
아빠랑 다투는 밤도 엄마 코는 빨개지고
길어진단다 코가 너무 길어져 간지러운
밤에는 엄마는 팽 하고 코를 잘라 연필을
만들어 재경이는 읽지도 못하는 시라는
것을 쓴단다 어떤 새까만 밤에는 엄마
코는 너무 길어져 끝이 보이지 않도록
먼 곳까지 가기도 한단다 그래도 새벽이
오면 엄마 코는 거짓말처럼 다시 납작코로
돌아온단다 재경이와 쏙 닮은 납작코
그렇지 않으면 아침에 재경이가

엄마를 보고 마귀할멈이라고 놀랄 테니
엄마를 몰라볼 테니
돌아온단다 재경아 재경아
그래도 엄마는 코가 길어지는 밤이 있단다

피노키오들 피노키오 둘

엄마는 백 살이 될 때까지
재경이를 업어주기로 했지요
재경이는 엄마 아빠가 늙어지면
어깨를 주물러드리기로 했지요
배가 고프면 고래 뱃속에 들어가
생선도 잡아오기로 했지요
알이 있는 건 재경이가 먹고
(재경인 알대장이니까요)
알이 없는 건 엄마 아빠를 드리기로 했지요
이 고래 뱃속 같은 세상의 한 귀퉁이에서
엄마 피노키오와 아기 피노키오가
끝없이 늘어나는 코를 걸고 약속했지요
그러니 엄마는 이제 어두컴컴한
세상의 한 귀퉁이에 늘 작은 등불 하나
켜놓을 거예요 제페토 할아버지처럼
머리가 하얗게 변할 때까지 피노키오를
기다릴 거예요 어느 날 거친 파도 헤치고
고래처럼 커다랗게 자란 아기 피노키오가

돌아오면 얼른 달려가 업어줘야 하니까

뱉을, 부스럭 배틀

사슴벌레는 밤마다 곤충 상자를 타고
오른다 참나무 수액으로 만들었다는
먹이도 때맞춰 주고 스프레이로 물도
뿌려주고 나뭇가지도 구멍 있는 것과
구멍 없는 것 해서 두 개나 넣어주었는데
왜 자꾸 상자 밖으로 나가려고 부스럭
거리는 걸까 특히 밤에는 사슴벌레 부스럭
거리는 소리가 더 크게 들리는데 어떤 때는
내가 글 쓰는 소리보다도 크게 들려 나는
가끔 고개를 돌려 사슴벌레가 밖으로 나오진
않았는지 확인한다 도대체 저 사슴벌레는
어디로 가려고 밤마다 부스럭거리는 걸까
이 상자 밖으로만 나간다면 다시 숲속 나무로
돌아가 싱싱한 참나무 수액을 먹고 살 수
있다고 믿는 걸까 나는 저 사슴벌레와 닮아 있지
않지만 사슴벌레의 부스럭거리는 소리는
어딘가 내가 글 쓰는 소리와 닮아 있어
나 또한 자꾸 어디로 가려고 하는 것일까

아직도 가슴속에 뭐 그렇게 뱉어낼 것이
남아 있어 깊은 밤 잠 못 이루고 저 사슴벌레와
부스럭 배틀을 하고 있는 걸까

감자의 강자

강자가 슈퍼에 가니 진열대에 감자가 두 종류 있었어 한 봉지에 2900원 하는 감자와 100그램에 540원이나 하는 제주 감자 그래 올겨울엔 눈이 유독 많이 내려 채소값이 껑충 뛰었다지 돈 버는 재주는 없어도 음식 맛 가늠하는 재주는 귀신같은 강자가 비닐봉지에 제주 감자 몇 알 넣으려는데 강자를 지켜보고 있던 판매원이 저기 저 감자가 더 싼데 하며 씨알도 작고 서걱거리는 한 봉지에 2900원 하는 그 감자를 가리키는 게 아닌가 그래서 강자가 그건 맛이 없잖아요 대꾸하니 맞아요 겨울철에는 역시 제주 감자가 분도 뽀얗고 맛도 더 고소하죠 맞장구를 치는 게 아닌가 강자가 비록 그 비싼 제주산 낚시 갈치는 밥상에 자주 올리지 못하고 제주산 다금바리 회는 구경도 못 해봤지만 눈이 내려 가격이 2배 이상 올랐어도 이 정도 감자는 먹을 수 있는 형편이다 여봐란 듯이 제주 감자 큼직한 놈으로 비닐봉지에 넣어 4980원을 지불하고 슈퍼를 나서는 순간 진정한 감자의 강자는 생글생글 미소 지으며 싸구려 감자를 권하다가 그래도 역시 제주 감자가 맛있다고 맞장구를 쳐서 평소보다 비싸서 손님들이 뒤적거리기만 하다가 사가지 않으면 하루 이틀 새 떨이가 될지도 모를 비싼 감자를 강자처럼 허름한 옷차림의 결혼 10년차 주부에게 팔아먹은 그 판매원이 아닐까 하는 생각이 굵은 감자알처럼 뒤통수를 냅다 갈겼지만 그러면 또 어떠한가 남편과 아이에게 큼직하고 맛난 감자를 먹일 수 있고 강자는 이렇게 씨알이 작고 서걱거리는 시 한 편이나마 건졌는데……

봄비가 왔다

더럽게 왔다
혼자만 있을 때 왔다
살짝 기울어진 하얀 히아신스처럼 왔다
필통 위에 반짝이는 노란 별처럼 왔다
고인 물에 입맞춤하는 금붕어처럼 왔다

찌무룩한 루카* 씨가 혼자서
창과 밖을 바라보고 있을 때 왔다

* '찌무룩하다'의 발음기호 〔—루카—〕에서 따옴.

연주는 누굴까

얼마 전까지 선화가 제일 예쁘다던 재경이
요즘 뽀뽀하고 싶은 아이가 생겼단다
유치원에 새로 들어온 연주
연주는 누굴까 어제는 엄마에게도 하나
밖에 주지 않은 스티커를 연주에게는
4개나 주었다고 하기에 엄마보다 연주가
더 좋냐고 했더니 연주도 하나밖에 주지
않았다고 말을 바꿨다 오늘 아침에는
연주는 얼굴이 예뻐 마음이 예뻐 물었더니
마음이 예쁘단다 마음이 어떻게 예쁘냐고
물었더니 별같이 생겼단다 그럼 엄마 마음은
하고 물었더니 아무 말 없이 밥만 먹기에
또 물었더니 엄마 마음은 하트같이 생겼단다
연주는 누굴까
엄마랑 백 살까지 살겠다고
새끼손가락 걸고 꼭꼭 약속한 재경이가
엄마에게 일주일에 한 번씩 청혼하던
재경이가 태어나서 처음으로 뽀뽀하고

싶어진 연주는 누굴까
하루에도 몇 번씩 뽀뽀하는 재경이와
엄마 사이에 난데없이 끼어든 연주
연주란 계집애는 누구일까

찌무룩한 루카 씨의 일

그러나 나는 콘크리트 틈
한 숟가락의 흙에 뿌리내린 꽃
같은 긍정문이 좋아 그러나 나는
누렇게 말라가다가도 한 모금
빗방울에 일제히 일어서는 청청한
긍정문이 좋아

책을 펼치자마자
예, 맞아요, 사랑해요
귓가에 대고 속삭이는 문장들은
왠지 나 간지러워
차라리 찌무룩한 얼굴로
아무도 읽어주지 않은
질긴 가죽 같은 문장들을
곰곰이 씹고 있는 게 좋아
뿌리 잘린 채 양동이 가득 담긴
물속에 줄기를 꽂고 있는 무료한
꽃들 같은 문장은 싫어

반복된 실패의 꾸러미들과 언제나
뒤늦다는 후회와 자책 속에 오신다는
희뿌연 새벽님처럼 복잡한 공정을
거쳐서 태어난 문장이 나는 좋아

그래서 루카 씨는 언제나 찌무룩한
얼굴로 책상에 앉아 혼자
중얼거리며 긍정문을 만든다

전복은 날로 해야

무지갯빛 아롱다롱한 껍데기 속 아직도 살아 꿈틀거리는 전복 이걸로 죽을 끓여 먹이면 며칠째 감기가 떨어지지 않는 다섯 살배기 아들이 감기를 툭툭 털어버릴 것 같아 큰맘 먹고 세 개를 샀다 껍데기에 딱 달라붙어 떨어지지 않는 전복을 칼에 손 베일까 조심소심 떼어내 도마 위에서 썰고 있는데 어느새 곁에 와 구경하던 아이가 전복을 달라는 게 아닌가 다섯 살배기가 전복을 날로 먹어야 얼마나 먹겠냐 싶어 소금 넣은 참기름에 찍어 한 점 건네주니 오물오물 잘도 씹어 먹기에 전복 한 개를 다 주었는데 맛있다고 입맛을 다시며 더 달라는 게 아닌가 나머지 전복도 마주 썰어 둘이서 먹어치웠는데 다섯 살배기 아이가 어른보다 더 많이 먹었다면 그 말을 누가 믿어줄까 전복은 날로 먹어야 제 맛이란 걸 너무 이른 나이에 알아버린 아들아 사실 잘게 다져 참기름에 달달 볶아 쌀과 야채 넣고 푹푹 끓여 목구멍으로 술술 넘어가는 전복은 이미 전복이 아니지 아무리 전복 내장 들어갔어도 바다 냄새랑 해초 냄새 사라진 전복은 이미 전복이 아니지 오독오독 씹히기도 하고 쫄깃쫄깃 이 사이에 좀 끼기도 하고 그래야 그게 전복이지 아직도 전복이 부족해 입맛을 다시고 있는 아들아 앞으로 얼마나 많은 전복을 날로 해 이 어미를 뒤집어버릴 것이냐 얼마나 많은 무지갯빛 헛것들을 던져버리고 제대로 된 전복으로 꿈틀거릴 것이냐 전복하면 아직도 전복죽이나 떠올리는 이 낡은 어미 앞에 얼마나 숱한 정복의 날들이 기다리고 있는지…… 왠지 무서워지는 다섯 살 아들아

상추쌈이나 한 상

눈물 마른 날에는 상추쌈이나 한 상
먹어야겠다 시들부들 말라가다가도
물에 담그기만 하면 징그럽게
다시 살아나는 상추에 밥을 싸서
한입 가득 먹으며 지금
눈에서 나오는 물은 상추 때문이라
말하며 목이 메게 상추쌈이나
먹어야겠다 세월이 약이란 새빨간
거짓말에도 아물지 않는 상처에
된장을 척 발라 꾸역꾸역 삼켜봐야겠다
주먹으로 가슴패기를 팍팍 쳐가며
섬겨봐야겠다 상추를 자를 때 나오는
하얗고 끈끈한 진액이 불면증엔
특효약이라니 상추쌈이나 한 상
가득 먹고 뿌리까지 시들게 하는
오래된 상처일랑은 그만 이겨버리고
뉘엿뉘엿 날이 저물 때까지
낮잠이나 자는 척해야겠다

김수영씨 어딨소?

갑작스레 원고 청탁이 오거나
글을 써야 하는데 도무지 써지지
않을 때 김수영 시집을 찾게 된다
집에는 백석과 이상과
데라야마 슈지와 보르헤스도 있는데
왜 꼭 김수영이어야 하는지 나도 모르지만
달나라의 장난감을 팔아먹는 일도
동화보다 더 동화 같은 시를
긁적거리는 일도 수십 년 전 눈빛이
유난히 형형했던 시인이
이미 예기(豫期)했듯 모두
팽이처럼 도는 일상에 불과할
뿐이라서가 아닐까 혁명도 되지 않고
한쪽 손잡이가 떨어져나간 밥솥도
바꿀 수 없는 잿빛 일상 속에서
갑갑스레 원고 청탁이 오면
이 우연한 싸움만큼은 한번 이겨보고
싶어서 김수영을 찾는다

혁명도 이미 끝내버렸고 거즈도
보기 좋게 접어놓고 잠든 시인을
오늘 밤도 다리 뻗고 잠들긴 글러버린
시인 나부랭이가 감히 질투한다

영락(榮樂)없다

시 쓰는 일은 영락없이
구두장이의 그것과 닮아 있다
질긴 가죽 위에 바느질을 하기 위해선
생각을 무두질하는 데만 오랜 시간이
걸린다 몇십 년째 하고 있다고
말하기도 부끄러울 만큼 나의 바느질
솜씨는 늘지 않았고 집에는 늘 쓰다 만
원고가 너저분하다 최근엔 한꺼번에
시간을 내 글 쓸 틈이 없어 손끝이 무뎌져
바늘땀이 들쑥날쑥 읽히기에도 영 좋지 않다
새벽 두 시까지 한 땀 한 땀 오른손
셋째 손가락에 땀 나도록 매달려보지만
구겨질 종이만 쌓여가고 한 무더기의
종이 무덤을 바라보면 나는 문득 궁금해진다
지금 저 종이 무덤 안에 잠들어 있는 게
시인인지 아닌지
어느 세월에 비문처럼 짧은 시라도
완성해놓고 상쾌하게 아침 산책을

나설 수 있을까 한평생 구두를 만들고도
제 발에 맞는 변변한 구두
한 켤레 없는 구두장이의 그것처럼
시 쓰는 일은 영락없다

혹성 204호

사운드 오브 뮤직으로부터 오랜 세월이 흘러
메리 포핀스로부터 오랜 세월이 흘러

가끔씩 멍히 의자에 앉아 줄리 앤드루스를
생각하는 나는 사운드 오브 뮤직의
원장 수녀를 닮아가고

204호 어딘가에 혹 내가 모르는 창문이
숨겨져 있나 옷장 문을 열어보다가
서풍이 오면 날아가리라 우산을 펼치고
책상 위에서 뛰어내리다가

아 정말 별 개떡 같은
아 정말 별 깨떡같이

폰 트라프 대령은 전혀 닮지 않은 남자와
그 남자를 전혀 닮지 않은 아이와 함께

쉽게 자리를 뜰 수가 없다는…… 별

거위의 오수(汚水)에서의 아침이다

헝가리산 거위의 가슴 털로만 만들어
가볍고 따뜻하다는 이불 한 채를 장만했다
헝가리산 거위를 본 적 없으니
속을 뒤집어봐도 오리털인지
참새털인지 알 수 없겠지만

그러잖아도 답답한 가슴이
자고 일어나면 더 무거워지니
밤눈 밝아 개처럼 기르기도 했다는
이 유니크한 새처럼 밤새도록
꿈속을 지켜보기로 했는데
명경처럼 떠오르는 꿈속에 비친
내 모습 백조가 아닌 것은 확실한데

누군가 자꾸 가슴패기를 쥐어뜯어
감긴 눈 사이로 흘러내린 물방울이 차갑게
뺨을 적시니 지금 덮고 있는 이불 속
털의 존재가 새삼 의심스러워지는 아침

다시 꿈속으로 잠입하기 위해
자리에서 일어나자마자 낮잠을 준비하는 아침
서로가 서로의 가슴을 쥐뜯으며 사는
죄 많은 거위의 오수(汚水)에서의 아침이다

나는 비약을 사랑하는 시인의 알에 불과할 뿐

어렸을 때 아버지가 양계장에서 사온 곤계란용 달걀에서 병아리가 부화된 적이 있었다 아버지가 사온 달걀 중에 낌새가 이상한 알이 있어 솜을 깔고 박카스 상자에 넣고 작은 전등을 비춰주니 며칠 뒤 노란 병아리가 나왔었다 그 이후 나는 슈퍼마켓 진열대의 메추리알 하나도 예사롭게 보아 넘기지 않는 사람이 되어 모두 잠든 밤에 전등 하나 켜놓고 동그란 머리를 갸우뚱거리고 있는데

혹, 머리 속 언어의 알에 뭔가 수상한 낌새가 감지되면 이게 그냥 곤계란인지 아님 뭔가 톡 튀어나올 건지 밤새도록 지켜보다가 여보세요 그 안에 누가 있나요 노란 솜털의 비약비약 울기 좋아하는 시인 혹시 거기 있나요 두드려보기도 하지만 품고 있는 알에는 아직 실금도 가지 않았는데 마음은 벌써 노란 병아리 되어 저 먼 봄 들판까지 비약비약 나들이 나간 나는 오늘도 비약을 사랑하는 시인의 알에 불과할 뿐이외다

읽자마자 잊혀져버려도*

쓰자마자 지워져버려도
사이에
무명의 슬랩스틱 코미디 콤비
시인과 고통이 존재하느니

시인에겐 오래된 변비의 고통
이 고통에겐 배배 꼬인 시인
이 시인에겐 일찍 자고 일찍 일어나기의 고통
이 고통에겐 이런 뻔뻔한 시
한 편조차 혼자서는 완성하지 못하는
시인이

제대로 교통하지 못해 스텝이 뒤엉킨 채
무명의 종이 위에 자빠지고 나뒹구는 밤

아무 쪽에도 쓸모없는 시를 긁적거리며
살아가는 주제로 고통은 늘 새롭고
시는 항상 진부하나니

시인과 고통은 항상 그렇게
엇박자의 코미디 콤비

웃자마자 눈물이 맺혀도
읽자마자 잊혀져버려도

시인과 고통은 오늘도 한 편
건졌으리니
건졌으려나

* 일본 소설가 다카하시 겐이치로의 만화 평론집 제목에서 빌려옴.

성미정 1967년 강원도 정선에서 태어났다. 1994년 『현대시학』을 통해 등단했다. 시집으로 『대머리와의 사랑』 『사랑은 야채 같은 것』 『상상 한 상자』가 있다.

문학동네시인선 008
읽자마자 잊혀져버려도

초판 인쇄 2011년 8월 1일
초판 발행 2011년 8월 8일

지은이 | 성미정
펴낸이 | 강병선
책임편집 | 김민정
편집 | 정세랑 이수영
디자인 | 수류산방(樹流山房)
본문 디자인 | 유현아
저작권 | 김미정 한문숙
마케팅 | 신정민 서유경 정소영 강병주
온라인 마케팅 | 이상혁 한민아 장선아
제작 | 안정숙 서동관 김애진
제작처 | 영신사(인쇄) 용산PUR(제본)

펴낸곳 | (주)문학동네
출판등록 | 1993년 10월 22일 제406-2003-000045호
주소 | 413-756 경기도 파주시 교하읍 문발리 파주출판도시 513-8
전자우편 | editor@munhak.com
대표전화 | 031) 955-8888
팩스 | 031) 955-8855
문의전화 | 031) 955-8890(마케팅), 031) 955-2656(편집)
문학동네카페 | http://cafe.naver.com/mhdn

ISBN 978-89-546-1548-8 03810
값 | 10,000원

* 이 도서의 국립중앙도서관 출판시도서목록(CIP)은 e-CIP 홈페이지(http://www.nl.go.kr/ecip)에서 이용하실 수 있습니다. (CIP 제어번호 : CIP2011003048)
www.munhak.com

문학동네